네가

내린

밤

별과 달, 그리고 우리로 가득 찬 밤

네가 내린 밤

초판 1쇄 인쇄 2018년 5월 2일
초판 1쇄 발행 2018년 5월 11일

지은이 엄지용

기획편집 김소영
기획마케팅 최현준
디자인 Aleph Design

펴낸곳 빌리버튼
출판등록 제 2016-000166호
주소 서울 마포구 양화로11길 46(메트로서교센터) 5층 501호
전화 02-338-9271 | **팩스** 02-338-9272
메일 billy-button@naver.com

ISBN 979-11-88545-16-2 03810
© 엄지용, 2018, Printed in Korea

이 도서의 국립중앙도서관 출판예정도서목록(CIP)은 서지정보유통지원시스템 홈페이지(http://seoji.nl.go.kr)와
국가자료공동목록시스템(http://www.nl.go.kr/kolisnet)에서 이용하실 수 있습니다.(CIP제어번호:CIP2018012487)

별과 달,
그리고
우리로
가득 찬
밤

네가

내린

밤

엄지용
지음

빌리버튼 billy button

별을 세고
사랑을 쓰다

우리가 사랑하던 매순간들은

그저 소멸되는 것이 아니라

우주 어딘가에 먼지처럼 떠돈다.

그리고

그 먼지는 결국은 별이 되어 빛난다.

이 생각을 하면 밤하늘을 보는 일이 새로워진다.

별을 세는 일은 사랑을 세는 일이 되고,

별을 노래하는 일은 사랑을 노래하는 일이 된다.

오늘밤 당신의 밤하늘엔
몇 개의 별이 빛나고 있는가.

나는 수많은 별을 세며,
수많은 별을 여기에 썼다.

그것은 사랑을 쓰는 일이었다.

— 2018년 4월에
엄지용

1
starry night
반짝이는 밤

3
silent night
고요한 밤

4
tonight
오늘밤

1
starry night
반짝이는 밤

우리의 밤은 별과 달과 우리들로 가득 차 있다

널 만나는 날

나는 창을 열어

한가득

너를 맞는다

널 만나는 그날

그릇

널 닮은 사람, 혹 있을지 몰라도

널 담은 사람, 나 하나였으면 해

영화

너와 영화를 보러 가면
나는 종종 스크린 대신 너를 보곤 했다

영화를 보는 너를 바라봤다

즐거운 장면을 보는 너는 어떤지
슬픈 장면을 보는 너는 어떤지
너는 매순간을 어떻게 맞이하는지
그렇게 너를 바라보곤 했다

그러다
너와 눈이 마주칠 때면
내겐 그 순간이 영화였다

심 선

항상 나를 보고 얘기하던 네가
언제부턴가 밖만 보며 얘기할 때

나는 그때 알 수 있었다
네 마음도 네 시선을 따라갔다는 걸
시선이 곧 심선이라는 걸

같은 하늘

나란히 누워
밤하늘에 별을 헤아렸다

너는 여섯 개의 별을
나는 열 개의 별을 헤아렸다

너는 보지 못한 네 개의 별을
아쉬워했지만
중요하지 않았다

같은 하늘이었다

한강

한강도 좋고

강 건너 풍경도 좋고

그 위에 맞닿은 하늘도 좋으며

내 손 맞닿은 너도 좋다

성숙 해지는 것

아침에 안개가 자욱하면

그날의 뜨거움을 예상할 수 있다는 것

얼마나 멋진 일인지

나비

나비가 꽃을 사랑하자

그의 날개엔 꽃잎이 담겼다

꽃가루

네게로부터 불어온 바람에
나는 한참을 기침했다

다 나을 만하니
또 다시 불어온다

코를 간지럽히고
참으려 해봐도
너는 이내 터져나온다

그댄 꽃이었던가

잠옷

이 옷, 집에 가서 입어봐
지나다 이뻐 보여서 하나 샀어

너한테 어울릴 것 같아서 샀는데
입어보고 이상하면 그냥 집에서 막 입어
잠옷으로 입어도 돼

사실 그게 더 좋겠다
잠옷으로 입어주면 나는 그게 더 좋겠다

눈
—

발에 밟히는 눈을 좋아할 때

당신이 알아야 할 건

눈은

단 한 번도 당신의 발밑으로 내린 적 없다는 것

속초 바다

내 모든 마음은
강이 되어 정처 없이 흐르고

너는 그런 내 마음을
감싸안았다

바다가 보고 싶었고
너는 나를 감싸안았다

내 마음들이 너에게 흐르고 있었다

편지

너에게 편지를 쓰는 그 순간만큼은
글보다
글씨를 잘 쓰고 싶어

지하철 손잡이

한 꼬마가 까치발을 바짝 들고
지하철 손잡이를 잡고 가고 있다

불편해 보이는데 표정은 해맑다

어렸을 때
나도 그러곤 했다

지하철 손잡이를 잡는다는 것은
넘어지지 않기 위함이 아니라
나 자신의 성장을 확인하기 위함이었다

나

이만큼

컸다고

세계 여행

아주 어릴 적에
우리 네 식구가 단칸방에 살던 때가 있었다
그 중 하루를 생생히 기억한다

일을 마치고 집에 돌아온 아빠의 손에는
세계여행 기차놀이 세트가 들려 있었고

나는 고사리 손으로
열심히 방 안 가득 레일을 설치했다

그날 밤 단칸방엔
밤새 기차가 돌아다녔고

기차가 도는 동안

나는 그 기차에 몸을 싣고 세계여행을 했다

그날 밤

단칸방은 지구만 해졌다

꽃봉오리

아직 피지 못함을 원망치 말아라

꽃봉오리도 이미 꽃인 것을

당신 —— 오면

당신은 불어오는 바람

밤이면 창을 흔들던 바람

닫으면 흔들던 바람

열면 흐르던 바람

난 바람 기다리던 사람

창을 열고 기다리던 사람

불어오면 휘청거릴 사람

떠나가면 헝클어질 사람

바람 불면 창을 열고

당신 오면 맘을 여네

우리는 그늘로

너의 피부는 하얗다 못해 투명해서
가늘지만 선명한 너의 정맥들은
마치 푸른 나무줄기처럼 보여

하얗고 가느다란 손목을 지나
손등으로 뻗은 나무줄기를 따라
나는 오늘밤 그늘로 가야지

오늘밤은
밤새 그 나무를 타고 놀아야지
그 나무에 입을 맞출 거야

어린애처럼 나무를 탈 거야
나무를 잡고 그네도 탈 거야

나무는 그늘을 만들어줄 거야

나는 그 그늘에서 잠을 잘 거야

우리는 그늘로 가는 거야

오늘밤은 그늘에서 쉴 거야

나무에 숨을 불어넣을 거야

우리는 그늘로 가는 거야

제주의 길에서

해가 뜨거운 제주를 걸었다

좁은 그 길에서 나는 오른쪽 끝으로
너는 왼쪽 끝으로 걸었다
손잡진 않았지만 나란히 걷는 길이었다

우린 길을 채울 순 없었지만
길의 시작도 끝도 우리였다

너는 나와 나를 둘러싼 배경을 보며
쿠바를 떠올렸다

쿠바
네가 가장 사랑한 여행지였다

나는 쿠바를 가본 적이 없으니
아무 말 않았다 그저 쿠바가 이렇구나 생각했다
네가 가장 사랑하는 공간에 나를 채우니 그게 좋았다

그렇게 나의 세계에 쿠바가 채워졌다
때론 네가 나의 세계가 된다

세상 전부 그대는 아니지만
분명 그댄 나의 세상 전부가 된다

그 길에서 난 나의 세상을 또 채워갔다
네가 나의 길이 되었다

겉치레

어버이날 동네 꽃집에
잔뜩 늘어놓은 카네이션들 중에
가장 볼품없는 녀석으로 골라왔다

아직 덜 핀 꽃봉오리도 있고
가장 볼품없이 꾸며져 있던 녀석이었다

흔한 리본 하나 안 달린 채 덩그러니 놓여 있던 녀석
아니 아예 꾸며지지 않았던 녀석

그런데
꽃은 네가 제일 이쁘더라

마르지 않는

홀러가길래 흘려보냈는데

내가 젖어 있었다

이미 흘러가고 없는 것과

아직 마르지 않은 내가 있었다

마침표

네 이름 뒤엔

마침표를 찍지 않기로 했다

쉼_표

마침표를 찍다가

눈물이 흐르니 쉼표가 되었다

그래서 난

우린 잠시 쉬는 것뿐이라 여기기로 했다

영하

오늘 체감온도가 영하 20도란다
우리 집 냉동실 온도가 영하 20도였다

길거리에 나오니 영하 20도의 기온을 뚫고
모두들 서로에게 가고 있다

이를테면 다들 냉동 보관 상태로
서로에게 가는 냉동인간들이다

아마 서로를 만나면 뜨겁게 해동되리라
그동안 냉동 상태로 간직한 신선함을 보여주리라

나도 오늘 그런 상태로 너에게로 걸었다

내 처음 마음 잘 얼려가고 있으니

너 보거든 꼭 녹여주어라

조금의 변질도 없이 그대로 얼려가고 있으니

너 보거든 꼭 녹여주어라

말린 장미

장미 한 송이를 사다가
방에 거꾸로 말려두었다

바람이 잘 드는 곳에
햇볕도 잘 드는 곳에
거꾸로 말려두었다

붉던 장미가
검게 변해간다

수분을 머금었던 꽃잎은
말라비틀어져 가지만
흩날려 떨어지진 않았다

말린 장미를 걸어둔 방에서

말린 장미향이 난다

말린 장미향이 나는 곳에서

나는 아직 벗어나지 못했다

시집

시집을 읽다가

왈칵

눈물이 났다

시는 조금도 슬프지 않았다

그래서

시집이 좋다

ON

———

온 마음 다했고

온통 너였던 상태

네가 내게 온 그 순간부터

끄고 싶지 않던

온통 너였던 상태

천장

홀로 자려고 눕는 그 순간부터
나의 천장은 널 담은 액자였다가
푸른 바다가 되고
꽃내음 가득한 들판이었다가
한 편의 영화를 담는 스크린이 된다

그러곤 생각한다
보고 싶다

시침 분침

언젠가 우리의 시간이 멈춘다 해도

우리 손 놓지 않으리

전어

가을이다 전어 먹자

너랑 나랑 마주 앉아
술 한 잔 주고받자

발그레 붉어진 두 볼에
농 한마디 건네보자

가을에는 전어 먹고
겨울 오면 방어를 먹자

때 되면 오는 것들은
늘 너랑 맞고 싶으니
봄이 오면 개나리 피고

여름 오면 매미가 울 듯

우리 그렇게 당연한 것들은
우리 그렇게 함께 하자

소나기

어릴 땐

예고 없이 갑자기 쏟아지는 비가 그리 무섭지 않
았다

비 맞는 것을 개의치 않았던 것이 아니라

내 우산을 들고

교문 앞에 서 있는 엄마의 모습이 그려졌기 때문이다

난 네게 그런 확신이었으면 했다

지하철 역에서

지하철은 들어왔지만
그녀는 그대로 앉아 있었다

지하철을 기다리는 곳에서
지하철이 왔는데
그녀는 그대로 앉아 있었다

사랑,
너 아니면 의미 없는 것

별 똥별

나는 보지 못한 별똥별을

너 혼자 보았을 때를 기억한다

그 천진난만한 눈동자와

설렘 가득한 입가에 머문 미소가 선명하다

나는 별똥별은 보지 못했지만

그보다 아름다운 별은 네 눈동자에 있었다

연쇄 작용

단풍을 보고 싶어했는데

벚꽃마저 그리워졌다

가을을 그리던 나의 추억은

어느덧 봄까지 거스르고

난 그저 단풍을 보고 싶어했을 뿐인데

당신마저 그리워졌다

벗꽃

벚꽃처럼 뻔한 것도 없다
늘 필 때쯤 피고
늘 피는 곳에 핀다

내겐 당신도 벚꽃 같길 바란다
늘 내가 찾을 수 있는 곳에
늘 내가 찾을 수 있는 때에 당신이길 바란다

당신은 늘 그쯤에 있어라
언제든 어디서든

당신은 늘 그쯤
나는 당신의 그쯤이어라

장갑

장갑은 한쪽이면 돼

한쪽은 네 손이면 돼

빠른 걸음

어쩌면 오래 걸릴지도 모를 곳을
최대한 빨리 가는 방법

지치지 않게
빨리 걸어가기

뛰다가 지쳐서 쓰러지지 않도록
걸어가되 빨리 걸어가기

그게 내가 가는 방법이야
빠른 걸음

그게 내가 너에게 가는 방법이야
빠른 걸음

나

지금 간다

별자리

사랑하다 죽으면 별이 된다네
서로 사랑하다 죽으면 별자리가 된다네

그들 사이
수천수만 광년의 거리가 놓일지라도

결국 하나의 이름이 된다네
영원한 서로의 자리가 된다네

내 편

그 어둡던 밤

홀로 걷던 길에도

돌아보면 달 있었다

그 어둡던 밤

어둠을 가르며 달리는 버스에서도

올려보면 달 있었다

늘 날 좇아

바라보고 있었다

널 보듯 달 본다

달 보듯 널 본다

동침

그댈 앞에 두고
두 눈,
천천히 감으면
눈 감을수록 그댄,
천천히 차오르다가

이내
나의 모든 여백,
그대의 것이 되고
그대로,
그댄 나의 꿈이 된다

익사

이 밤에 익사자 둘 있네

밤이 깊어 빠져 죽은 너와

사랑 깊어 빠져 죽은 나와

내 시들은 당신을 향해 있지 않아요

그저

당신에게 비롯된 것들이에요

눈
맞춤

오늘처럼 달이 먼저 눈 맞춰오는 날엔
카메라 대신 눈을 들이대야지

네게 달빛을 받았으니
나는 눈빛을 주어야지

깊이 패인 너의 바다에도 빛이 난다고
나는 눈빛으로 말해줘야지

말하지 않아도 나는 다 알 수 있다고
나는 눈빛으로 말을 해줘야지

안개꽃

너랑 같이 있을 때
사진이 예쁘게 나오는 것 같아

네가 말했고
나는 그 말이 좋았지

내가 안개꽃이 된 것 같았지

너를 한아름 안고 있는
장미 품은 그
안개꽃

경계

너희 집과 우리 집 사이에

너희 동네와 우리 동네를 나누던

그런 길이 하나 있었지

넌 모르겠지만

난 매일 그 길을 넘어다녔지

너와 나 사이에 선을 하나 그어놓고

넘어오면 다 내 거라고 엄포를 놔주길 바랐지

그러곤 너도 넘어와주길 바랐지

야광

내 짙은 어둠에도
그대 있어요

나는 두 손 모아
그댈 감싸안아요

내 모든 게
그대에게 쏠려 있어요

내 짙은 어둠에서
그대 빛나요

익사 2

밤이 너무 깊어 허우적거리네
사랑 너무 깊어 허우적거리던 그날 밤처럼

꽃곰팡이

그대 날 비춰주면
그대 곁에 필 텐데

그대 날 외면하니
내 안에만 피어났소

반달로부터

그냥요

있는 그대로

사랑해줄 수는 없나요

이미요

절반의 마음은

당신에게 있는 걸요

낮달

아침이라고
사라지지 않는
그대여

낮에도 달이 떠요
여전히요
여전해요

낮달 2

나 그대에게 보여줄 수 없는 뒤편이 있어

초승이든

그믐이든

보름이든

그대 불러주는 대로 내 이름 삼지만

차마 다가설 순 없는 운명이 있어

해 떠도 질 수 없는 마음이 있어

낮달

3

어젯밤엔 달도 너만큼 진했나 보다

아직 자국이 남았다

존재

별 볼 일 없다 하여
별 없을 리 없다

별 하나 보이지 않는 하늘이라고
별 없을 리 없다

어디선가 빛나고 있을 별을
부정할 필요 없다

기만하지 말자
어디선가 빛나고 있을 별 같은 내 사랑을

색

색을 잃은 나에게
너랑 사랑할 기회를 줘

내게 색을 줘
빨강 파랑 사랑을 줘

너랑 나랑 노랑 달 아래 서거들랑
맘껏 사랑할 빨강 사랑을 줘

파랑 바다 정처 없이 방랑하는 배 한 척에
풍랑 같은 파랑 사랑을 줘

색 없이 정처 없이 유랑하는 내가
너로 한없이 휘청이고 휘청이게

네가 내게 색을 줘

빨갛고 파란

그런 사랑을 줘

mute

실수로 눌러 버린 mute
정적과 함께 흐르는
표정, 몸짓, 눈빛,
그것만으로 소리가 들린다
그것만으로 충분하구나

네가 주는
표정, 몸짓, 눈빛,
그것만으로 소리가 들린다
바라보는 걸로도 충분하구나

이렇게 멀찌감치서도
우린 그걸로 충분하구나

같은 시절 그대에게

같은 시절 그대여
그 시절의 나는 잊어도 좋아요

허나
그 시절 그댄 잊지 말아요

그 시절
그대 참 예뻤거든요

그냥 모두 잊기엔
그댄 참 예뻤거든요

달이 되어

달에겐 달이 없듯
나에겐 내가 없어
사랑을 모른다
받는 법을 모른다

네가 나의 달이 되어
내 주변 맴돈다면

썰물로 비워내도
밀물 다시 차오르겠지

그대 매일 밤하늘에 떠오르겠지
나는 매일 그대가 떠오르겠지

달이 되어 2

언제라도

눈 감으면 밤인데

떠오는 건

그대이니

그대가

곧 달이네

나는 매일 눈 감겠네

행간

나는 우리 이야기가 끝나지 않았다고 믿었기에

그저 이 침묵들은

그저 이 여백들은

그저 우리의 조금 넓은 행간이라 여길 테니

나는 정말 그럴 테니

언제고

다시 시작해주세요

심지가 되어

퇴근길 석양이 질 무렵

지평선을 향해 걸어가는 이들의 뒷모습이

심지 같아 보였다

지는 해가 만들어내는 그라데이션은

마치 그들의 위로 타오르는 불꽃처럼 보였다

각자가 심지가 되었다

모두들 꺼지지 않는 불꽃을 일으켰다

해가 질 무렵이었다

그 해 역시 다시 떠오를 해였다

이상의 거리

길거리에서 목을 놓아 울어도
누구 하나 이상하게 보지 않았다

내리는 비를 그대로 맞으며 걸어도
마찬가지였다

이상한 사람이 하나도 없는 이상한 거리였다

다들 손을 잡고 걸었다
나체로 걷는 연인도 있었다

길거리에서 사랑을 나눠도
누구 하나 이상하게 보지 않았다

노래 없이도 노래가 흘렀다

웃는 사람들과 사랑만 있었다

이상한 사람이 하나도 없는 이상이었다

제주 돌담길에서

하나하나
쌓아올린 돌로 만든
낮은 담이 있다

돌 틈 사이
햇볕이 스미고 바람이 통한다
통하라고 만든 담이다

우리 사이 벽 대신 돌담을 두자
이 낮은 돌담을 두자

빛이 스미고
바람이 통하는 돌담을 두자
낮은 덕에 바라보기도 좋으리라

우린 딱 이만한 돌담 쌓아두고 살자

하나하나 정성으로 쌓아올린

이 낮은 돌담 두고 살자

너와 나의 구분은 두고

통하며 살자

하나의 햇볕으로

하나의 바람으로 살자

밤이 찾아오는 것이 그러하듯
밤마다 내 생각이 찾아오는 것 또한 당연하다

0시

오늘이었던 어제를 보내고

어제부터 오늘까지 펼쳐진 밤하늘 아래 있어

하늘이 넓은 것 그것 자체가 무서운 날이 있어

아무것도 시작되지 않은 것 같은 시간에 있어

존재할 뿐

아무것도 시작되지 않은 것 같은 시간에 있어

어쩌면 우리도 시작이란 것 자체가 없었을 수 있어

우린 그냥 존재했을 뿐 시작도 없었을 수 있어

그러니 끝도 없어

0시

시작도 아니고 끝도 아닌 시간

우린 거기에 있어

그 시간 그때의 시침과 분침

그리고 더는 흐르지 않는 시간

우린 그때에 있어

시침 분침 멈춰버린 시간 0시 시작 끝

우린 아무것도 없어

그림자

어쩌면 삶이란

뜨겁게 지는 태양을 향해 뚜벅뚜벅 걸어가는 일

살아갈수록

나아갈수록

내가 책임져야 할

내 몫의 그림자가 길어지는 일

지구별

하늘에 뜬 별만 예쁘다고 동경하다 보니

내가 세상 가장 아름다운 별에 살고 있다는 건

잊을 때가 있다

잠

네 머리칼과 살의 향

한가득 내게 스며들게

네게 나를 듬뿍 담근 채로

한껏 잠들고 싶다

네가 내렸다

자고 일어나

창을 열어보니

세상이 온통 하얗다

이렇게 눈이 올 동안

나는 모르고 있었다

눈은 그렇게 어느새

세상을 모두 덮어버렸다

네가

내겐 눈 같다

내겐 어느새

네가 내렸다

새싹

언 땅을 녹인 것은
햇살이 아니라
새싹이었다

겨우내 얼었던 땅 밑에서
뜨거움 발아해
조금씩 땅을 녹이는 일

그렇게 언 땅 녹여가며
기필코 고개 내밀어
햇살과 마주하는 일

뜨거움과 뜨거움이
드디어 만나는 일

그 위대한 일을 해낸 것은 새싹이었다

하나

우산 하나

젖은 어깨 하나

비오는 날 추억 하나

사실 꺼내지 않은 우산 또 하나

바람

너는 바람이기에

나는 너를 느꼈지만

네가 바람이기에

나는 너를 머무르게 할 순 없었다

흉

그대 내게 상처 준 적 없었는데

어찌 흉은 남았는가

손<u>톱</u>

짧으면 아프다

손톱도, 발톱도, 생각도

길면 좀 거추장스럽고

밤의 창

밤이 차다

이런 밤엔
창에 네가 서린다

창 위로
네 이름 적고
내 이름 적었다가
손바닥으로 지워내본다

지워지고
흘러내린다

하지만 알고 있다

지워낸 창 위로
너는 다시 서린다

이 밤
당신의 창에도
내가 서렸을까

취기 어린 밤

최근의 밤들을 생각하자면

나는 깨어 있을 때만큼

취해 있을 때가 많았다

근데 가끔은

취해 있을 때

깨어 있는 느낌이더라

첫눈

첫눈 내리면 나는 너를 생각할 테지만
첫눈 내릴 때 너는 곁에 없으리라

그저 바라건대
첫눈 내리면 이게 첫눈이구나
생각만 해주라

그 순간
나도 그 생각을 할 테니

우리 잠시나마
같은 생각할 테니

밤비

비가 그 어두운 하늘로부터
수천수만의 거리를 날아와
내 두개골로
내 고막으로
바로 떨어지는 것만 같다

이런 밤엔 도무지
네 생각 말고는 할 것이 없다

네 생각이
내 두개골로
바로 떨어지고 있다

산

나는 너를 만나려
산을 넘고 또 넘었고

너를 만나 함께
산을 넘고 또 넘었다

이제와 너 떠나고
돌아가려니
홀로 넘을 산이 너무 많아
주저앉아버렸다

커피나 합시다

밤도 깊었는데
커피나 한 잔 합시다

밥은 먹었고 술은 부담이니
커피나 한 잔 합시다

이렇게 늦은 밤 커피는
잠 못 이룬다 하셨지만

오늘은 그 잠 미룬다 치고
나랑 커피 한 잔 합시다

정말 오늘밤 잠 못 이루고
심장만 두근거린다면

오늘은 커피 탓하지 맙시다

앞에 앉았던 내 탓 좀 합시다

나는 커피 없이도 그대 탓하는 밤들이 수두룩하니

오늘은 그대가 내 탓 좀 합시다

일단

커피나 한 잔 합시다

낮잠

어려서부터 집에 혼자 있는 시간이 많았다

나른한 낮이면
가끔 잠이 몰려왔지만
나는 낮잠을 즐기지 않았다

시간이 아깝다거나
밤에 잠을 못 잘까봐서는 아니었다

낮잠을 자고 일어났을 때
주위에 아무도 없는 외로움이 싫어서였다

세상은 변했는데
나만 그대로 혼자인 것 같은 외로움

낮잠에서 깨어나면 꼭 그런 느낌이 들어서였다

보름달 뜬 밤

홀로 외로이 밤을 지새던

잎새 적은 나뭇가지 사이에 보름달 껴 있다

가지 마른 나무는 보름달 부여잡고

가지 말라 붙잡았지만

모든 사랑 소용없는 아침은 또 다시 찾아왔고

달 떠난 아침

나뭇가지는 조용히 낙엽만 떨구고 있었다

냄새

난 네 향수 냄새보다

너에게 나는 집냄새가 좋더라

그 냄새에는 거짓도 군더더기도 없더라

그 냄새 맡으면

본 적도 없던 네 어린 시절이 스쳐가고

햇살 비추는 나른한 오후의 너희 집 거실이 그려지

더라

그 냄새를 맡으면

네가 사랑받고 자란 날들이 내게도 스쳐가더라

그래서 나도 더 사랑해야겠다 생각 들더라

잃어버린 우산

서점을 둘러보다가
서점 구석탱이에
주인 없이 덩그러니 놓인 우산을 보았다

그러고 보니 오늘 아침에는 빗방울이 떨어졌었다

늘 그렇다

비가 올 땐
누구도 우산을 잃어버리지 않는다

우산을 잃어버렸을 땐
언제나 비가 그쳤을 때다

늦은 이야기

아버지에게

한소리를 크게 듣고는

내 분을 이기지 못해

문을 쾅 닫고 방에 들어온다

내가 낸 굉음만이

집 안을 가득 울리고

굉음이 휩쓴 자리엔 정적만 남았다

바로 드는 후회

다시 문을 열어 나지막하게

바람 때문이라고 말해보지만

나지막하게 말한 변명도

바람에 날렸는지 아버지에게 닿지 못했다

뭐가 뭔지

자려고 누워서

가만히 덮었다가
걷어찼다가
다시 끌어안았다가
밀어두었다가
살포시 덮었다가
다시 걷어차버린 것은

이불인지
생각인지

딱 그만큼

밤공기가 무거워진

딱 그만큼

생각도 무거워진다

무덤

할아버지는 할머니를 평생 괴롭히셨단다
술을 너무 좋아하셨고
평생 집안일엔 관심이 없으셨단다

그래도 할아버지 돌아가시기 전
할머니 불러다가 말씀은 하셨단다
내가 미안했네

그 한마디 남기고
그렇게 할아버지는 돌아가셨단다
할머니는 속 시원하다 하셨단다

할아버지 돌아가신 지 20년이 되었다

할머니는 오늘도 밭에 나가신다

그 밭 한 편엔 할아버지 무덤이 있다

사랑

미안하단 말을 하지 않는 것이 아니라

미안하지 않아도 될 일마저 미안해지는 것

달이 뜬다

누구의 가슴에나 달이 뜬다

해 온전히 그맬 비추면
더 환히 빛날 달이 뜬다

시린 초승달이나
아픈 반달도
탓할 것은 그대가 아니라 그 사람이다

그 사람 온전히 그맬 비추는 날
누구의 가슴에나 꽉 찬 보름달이 뜬다

주말 밤

늘 아쉬움에 잠 못 드는 밤

그 아쉬움이란 빗자루로 쓸어담는 먼지와 같아서

다 쓸어담았겠지 싶어 쓰레받기를 들어보면

남아 있고

또다시

남아 있고

아직

남아 있다

걸음

한 발을 내딛는다는 것은
그저 한 걸음 나아간다는 의미만으로는 부족하다

한 발을 내딛는다는 것은
지금 내가 나아갈 곳에 대한 도전으로 시작되어

그 발이 땅에 닿는 순간
다음 발이 따라와도 되는 곳인지를 확인시키고

다음 발이 따라올 때까지
홀로 온전히 온 무게를 버티고 서 있다가

비로소 다음 발이 자신을 앞서고 나서야

한시름 내려놓는 것이다

그리곤 자신도 조용히 따라가주는 것

걸음이란 그토록 위대한 희생들의 집합이다

정의

대부분의 사랑에 대한 명언들은

그 정반대의 의미로 얘기해도 꽤 그럴싸한 말이 된다

그렇듯 사랑은 정의하기 어렵고

이제 와서 드는 생각은

그걸 굳이 정의할 필요가 있나 싶다

그래서 나는 감히

사랑을 정의하는 사람은 되지 말아야겠다 생각했다

사랑만을 내 정의 삼아야겠다

당연한 사실

막차 놓쳐도
첫차 온다

피하기만 하지 마

비가 막 내리기 시작했을 땐
가로수 밑에서
비를 피할 수 있지만

내리던 비가 막 그쳤을 땐
가로수 밑이라
비를 더 맞는 법이라고

초승달

밤하늘

별을 쏟아버린 빈 그릇 하나

조금씩

다시 주워담으면

달이 차오른다네

보름달이 된다네

배신자

평소 사용하던 10cm자의 눈금이
정말 10cm인지 궁금해졌다

그래서 새로운 30cm자를 준비해
나의 10cm자의 눈금을 재보았다

근데 이게 웬걸
10cm자의 눈금은 10cm가 아니었다

이런 배신자 같으니
내가 널 얼마나 믿었는데

그 길로 바로 10cm자를 버리고
30cm자를 사용하기 시작했다

그리고 그날 꿈엔 10cm자가 나왔다

그리고 말했다

이런 배신자 같으니

30cm자가 틀렸단 생각은 안 했지?

배신은

늘 일방적이고 당하기만 한다

배신을 한 사람은 없다

깊은

어릴 적 우리 동네엔

아이 무릎 정도 깊이의 내천이 있었다

친구들과 나는 바로 그 내천에서

열심히 뛰놀곤 했었다

하지만 친구 무리 중 한 녀석은 우리와 달리 소극

적이었다

그 친구의 어머니가 내천이 깊다며 거기서 놀지 말

라고 항상 주의를 줬기 때문이었다

이윽고 겨울이 되었고 내천은 얼어붙었다

얼어붙은 내천 위를 우린 뛰어다녔고

열심히 뛰어다니던 내가 한 걸음을 내딛었을 때
나의 걸음은 얼음을 깨고 물속으로 빠져버렸다

겨우 무릎 정도의 깊이였기에 나는 아무렇지 않게
다시 뛰어놀았지만 나를 지켜보던 그 아이의 눈시
울은 젖어 있었다

난 무릎 아래가 조금 젖었는데
그 아이는 눈시울이 젖어버렸다
그날 물에 빠진 건 내가 아니라 그 아이였다

겨울 해

아침에 눈을 떴는데도 어두웠다
나는 일어나야 할 때인지 감이 오지 않았다

출근길을 나선 지 한참 후에야 해가 뜨는 듯 했지만
따뜻하진 않았다

나는 콘크리트로 채워진 건물로 들어갔다
온기는 철과 플라스틱으로 만들어진 온풍기에서
나왔다

꽤 이른 퇴근
길을 나섰고 이미 어두웠다

길은 녹은 눈과

녹은 눈이 적신 흙 따위가 뒤엉켜 질척거렸다

나는 하루 종일 해를 보지 못했다

겨울 해가 남긴 질척거림 정도는 보았다

실체 없는 흔적들만 보았다

엄마

아기가 운다
엄마는 얼른 젖을 물렸다
아기가 다시 웃는다

배고팠구나, 내 새끼

엄마는 말했지만
그렇지 않았다

아기는 엄마가 고팠다

문고리

밀고 당길 생각만 했지

돌릴 생각 못 했다

열릴 리 없었다

두유병

난 추운 겨울이면 편의점에 가서
뜨거운 병에 들어 있는 두유를 산다

그 두유병을 주머니 속에 넣고 다니면서
손이 시릴 때마다 손을 녹인다

두유병 가득한 온기는 내 주머니에도 가득해지고
가득해진 온기는 그대로 내 손에 와 닿는다

내 손이 두유병의 온기를 빨아들이는 만큼
두유병은 식어가고

두유병이 온기를 다 잃으면
난 그제야 두유를 벌컥벌컥 마신다

그리고 모든 걸 내어준 두유병은

결국 쓰레기통에 처박힌다

이내 깨져버린다

털어내기

이불 위에다
무엇인가를 떨어뜨리면
이불을 한 번 털썩 털어내야
그 무엇인가도 털썩 하고 바닥에 떨어진다

무엇인가를 찾기 위한
가장 좋은 방법이다

잃어버리거나
찾지 못하겠을 때

털썩 털어내기

그게 물건이라도

어떤 마음이라도

집 앞

너를 만나던 곳이자 헤어지던 곳
너를 기다리던 곳이자 보내주던 곳

만나려고 보내줘야 하던 곳
헤어지곤 다시 기다려야 하던 곳

너 때문에 의미 있던 곳이자
너 아니면 의미 없던 곳
너희 집 앞

한 걸음도 더 다가설 수 없는 곳
너희 집 앞

그리움

초점 없이 길을 잃던
눈빛마저
보고 싶은 사람이 있다

그와 나 사이 흐르던
정적마저
듣고 싶은 사람이 있다

순환선

넌 혼자 마음의 준비를 다 하고 있다가
휑하니 내려버리고

난 멍하니 네 뒷모습 바라보고 있다가
아직 그대로 있다

그렇게 난 매번
너를 보낸 그 곳으로 되돌아오고
매번 그 자리에서 너를 보내고 있다

종이 비행기

오늘도 내 하루를 고이
고이 접어 네게 날려보낸다

네게 닿지 못하고
맴돌다 떨어진 하루들이
주변 가득 널 감싸고 있다
언제라도 네가 손 뻗어 주워준다면
난 그 하루를 위해
오늘도 내 하루를
고이 접어 날려주겠다

밤하늘

어떻게 이어도
뭐라도 이뤄질
별들이 있다

그 아래
우리가 있다

무리가 되자

우리도 저 별들의
무리가 되자

어떻게 이어도

뭐라도 이뤄질

우리가 되자

우리는 그늘로 2

온전한 그늘은 밤뿐이다
밤은 그 자체로 그늘이다

그대여
그늘에서 쉬었다 가자

볕에 지친 그대여
오늘 그늘로 가자

함께 지구의 그늘로 가서
그댄 나의 그늘로 오라

그 자체로 그늘이 된
그 시간 속에서

한숨 덜어놓고

그대여 쉬었다 가자

까닭

해가 질 때면
그대 그림자 내게 더 기대오는 것을
그대 아는가

내 그대 떠나지 못함은
그 그림자마저 내가 끌어안기 위함임을
그대 아는가

유성

내 세상에 툭 하고 떨어져선

부서지지 않아

온전히도 온전하게

부식되지 않아

눈 감으면 울리는

소리로만 남아

온전히도 온전하게

목소리는 남아

눈물 몇 방울 떨군다고

번지지도 않아

온전히도 온전하게

지워지질 않아

추억 아닌 사람에게

나는 애써 당신이 먼저 꺼내지 않는
앨범 속 사진 한 장이다

당신이 추억하지 않는 추억이다
추억이라 이름 짓곤 추억하지 않는 당신이다

지난 일을 추억이라 한다기에
그저 추억이 된 나겠지만

지난 일을 추억이라 한다니
그댈 지금의 일 삼는 게 내가 할 일이다

그대 날 지난 적 없다
그댄 나의 지금이다

지금도 그대의 시간이다

그댄 늘 지금이다

8월 말

시간이 답답하여 바람이 먼저 왔나 싶었다
오늘은 분명 가을바람이 불었다

시간을 앞지른 바람은 늘 시간을 데려온다
가만히 기다리면 된다

바람이 불었고
시간을 기다린다

너 오기 전 바람이 분다

탈고

다 읽은 책을 덮듯

덮이는 추억이라면

꿈같던 날

지금 생각하자니

꿈같던 날들이었고

이제 그댈 보자니

꿈에서나 가능한 이야기가

슬픈 식목일

식목일이면 아빠가 누나와 내게
화분을 사다주곤 했었는데
이상하게 내 화분이 항상 더 빨리 죽었던 것 같아
아빠는 내가 물을 너무 자주 줘서 죽는 거라 말했고
나는 납득할 수 없었지

대체 왜 물을 주는데 죽는 거냐고
사랑은 적당히 줄 순 없는 거라고

막걸리 순정

사발 앞에 앉아
조금의 거리낌 없이 네게 말한다

맑게 뜬 이 한 사발 앞에
나는 조금의 거리낌 없이 네게 말한다

막걸리 앞에선 원래 그런 거다 이 사람아
막 거르지 말고 말하는 거다 이 사람아
막걸리는 그래서 막걸리인거다 이 사람아

이 맑은 사발을 봐라
이걸 탁하다 한다면
나는 더 할 말 없다

이걸 맑다고 한다면

그건 내 마음이라 여겨

더 열심히 들여다보아라

한 사발 하고

내일 뒤집힌 속을 부여잡을지언정

나는 이 한 사발을 해야

널 잡을 수 있을 것 같다

너도 한 사발 들어라

탁한지 맑은지 한 번이라도 들어보고 얘기를 해라

아마 트림을 할 거다

머리도 아플 거다

오래도록 발효한 내 마음이니

그 정도 숙취는 당연한 거라 여겨라

한 사람의 마음을 얻는 일은

그렇게 힘들다는 걸 알아라

그렇게 나는 매일

한 사발을 들이켰다 이 사람아

도피처

드라마에선 주인공이 갑자기 연락두절이 되고 사라져버리면, 그래도 주위에 한 명쯤은 꼭 '그 사람, 아마 거기 있을 거야' 생각하고 찾으러 가잖아. 그럼 또 주인공은 거기 꼭 있잖아. 그럴 거였으면 왜 도망갔나 싶기는 해도, 난 부럽단 생각을 했었지. 그럴 장소가 있다는 것도, 그 장소를 알고 찾으러 와줄 한 명이 있다는 것도.

자<u>살</u>

인간은

그 오랜 세월을 진화했다면서

고작

이거다

정체

어느새 들어선 길에서

앞뒤 꽉꽉 막혀버린 채

우린 가만히 서 있었어

나아갈 수도

이미 되돌릴 수도

없는 그 길

그 길 위에 설 때면

나는 늘

맨 앞이 궁금했어

이 기나긴 정체 행렬의 맨 앞

우리가 왜 이리 서 있어야 했을까

그 맨 처음 마음이 궁금했어

이 마음이 끼어들고

저 마음이 끼어들어

방향은 있는데

나아가지 못하는 지금에 서서

맨 처음 시동이 궁금해졌어

방향만 남은 지금

우리의 시동이 궁금해졌어

이기

너는 너만 생각하는 것 같다고

네 생각 속에 내 생각이라곤 전혀 없는 것 같다고

나는 그렇게 너를 쏘아붙여야 마음이 편했다

그러고는 미안하다는 말도 내가 꺼냈다

우리 이야기에서 착한 편은 언제나 나여야 했으니까

그래야 내 마음이 편하니까

그날 너는 미안하다 말했다

그날 너는 이기적이지 않았는데

너는 미안하다 말했다

나는 그렇게 널 이기려고만 들었다

이기적인 건 나였다

우리 이야기에서 늘 착한 척하는 나쁜 놈은 나였다

꼬마와 비행기

지하철 안
다리를 절며 아저씨가 다가온다

앞면에는 다리를 절고 있는 이유가
뒷면에는 장애인 신분을 증명하는 신분증이 복사
된 종이가 내 무릎에 놓였다

어떤 아저씨는 종이가 놓이자마자 바닥으로 쳐냈다
모두의 시선이 잠시 그 종이를 향했다
그냥 아주 잠시였다
이런 상황을 처음 접하는 듯한 학생은 안절부절이다
내려야 하는데 종이를 건네받은 모양이다
아주머니들은 종이 따위 신경도 쓰지 않고
계속 이야기를 나눈다

그 와중에 한 아주머니의 시선은
절고 있는 다리로 향한다

내 옆에 있던 꼬마는 종이가 왜 놓여졌는지를 모른다
그 종이로 무엇인가를 접기 시작했다

다른 것보단 비행기였으면 좋겠다고 나 혼자 생각
했다
나는 내게 종이를 준 그 아저씨를
몇 년째 지하철에서 보고 있다
이번엔 지갑을 열지 않으리라 생각하고
종이를 무릎에 그대로 두었다

아저씨가 종이를 하나둘 다시 가져간다

지갑을 연 사람은 없었다

그렇게 아저씨가 옆 칸으로 넘어갔고

내 옆에 있던 꼬마는 접다 만 종이를 바닥에 버렸다

저건 비행기였을 것 같다고 나 혼자 생각했다

완성되진 못했다

아저씨는 꼬마의 종이는 가져가지 않았다

밤비 2

빛을 앗아간 밤에
비가 내린다

젖은 밤은
더 어두운 밤이 된다

젖어버린 풀잎은
더 어두운 풀잎이 된다

젖어버린 아스팔트도
더 어두운 아스팔트가 된다

새끼 찾는 고양이

밤새 울어댄다

어미 찾는 고양이도
밤새 울어댄다

아이들의 울음소리 같다

빛을 앗아간 밤에
비가 내린다

도무지 해가 뜨지 않는 밤이다
해가 뜨지 않는데
비도 그치질 않는다

밤이 보고 싶을 땐 그냥 눈을 감아요
눈 감으면 밤인 걸요

찾아온 밤

이 밤은

그 뜨거운 태양과

소란스럽던 세상을

버티고 버텨

내가 힘겹게 찾아온 밤이다

잠들지 않는 한

모든 것이 내 것인

내게 찾아온

내가 찾아온 밤이다

별이 진다네

그대 나를 지날 때

그때 별이 진다네

회전문

자동 회전문은

언제나 생각보다 느리고

자동 회전문에 들어선 우리는

그 속도에도 쫓기는 인생이다

단풍

나는 그 길에서
붉게 타올랐던 단풍이
낙엽 되어 떨어지는 것을 보고 있었다

낙엽은 언제 단풍이었냐는 듯
발에 채이고 쓸려다녔고
나는 생각했다

너를 잊는다는 것은
그 세월의 나를 잊는 것이라
나는 너를 잊지 않고 기다리겠노라고

낙엽 되어 떨어진 너를
다시 타오르는 단풍으로 기다리겠노라고

거인

서점에 쪼그려 앉아 책을 읽고 있는 사람들을 보면

쪼그려 있지만

누구보다 커 보일 때가 있다

저 사람을 뭐하는 사람일까

어떤 꿈을 꾸는 사람일까

그 사람의 꿈이 커 보인다

그래서 그 사람이 커 보이나 싶다

부자

어릴 때 아빠 옷을 입고 나가면

아빠 옷을 입고 온 줄 알더니

지금은 아빠 옷을 입고 나가면

내가 아빠인 줄 안다

잡아주기

문을 혼자 세게 열고 나가버리면
그 반동으로 문은 더 빨리 닫혀버린다

뒷사람을 위해 문을 살짝 잡아준다고
뒷사람이 나를 앞서가는 것도 아니다

새벽녘

새벽과 저녁은 구분하기 힘들다

내가 떠오르고 있다고 느낄 때
사실 지고 있는지도 모른다

내가 저물어간다고 느끼는 지금이
내가 뜨고 있는 때일지도 모른다

꿈꾸지 않으려

내가 꿈꾸던 일을
꿈이라 한 적 있었나

남의 꿈만 함께 좇았나
그 꿈을 내 꿈마냥 여겼나

빌어먹을 청춘은
꿈마저 빌어먹으라나

남의 꿈 꾸어다 꾸고
그 대가로 내 꿈을 버렸나

나는 이제
꿈꾸지 않으려

내 꿈

빌어다 쓰지 않으려

빼기

내 추억 속에서

너를 빼니

난 산 것도 아니었다

시집 2

나는 시집을 좋아했다
너는 시집은 좋아하지 않았다

나는 시를 썼다
너는 내가 쓴 시는 좋아했다

나는 너를 좋아했다
너는 나를 좋아했었다

나는 너를 썼다
너는 시가 되었다

내 시집은 네가 사는 집이 되었다
내 시집엔 네가 산다

양치

양치를 30분 동안 했다

고백하자면
사실 내가 양치를 하고 있는 줄도 몰랐다

나는 그냥 네가 떠올랐고
너를 그렸는데
내가 양치중이었더라

한껏 거품을 내고 싶은데
거품조차 말라버렸다

뱉어낸 거품 사이로
한가득 쓴 맛이 올라왔다

양치를 했는데

나는 조금도 상쾌하지 않다

아직 내 입엔

거품이 말라 있다

이별 —— 후

내 방인데
네가 더 많다

내 맘인데
네가 더 많다

다 내 껀데
다 네 꺼 같다

꽃 피고선

들여다보지도 않고선

잎
2

꽃
져
도

나는 안 지는데

눈물

눈에 뭐가 들어갔는데
후 불어줄 사람이 없었다

눈은 점점 붉어졌고
눈물은 점점 굵어졌다

어찌할 바를 몰랐고
눈물은 흘렀다

네가 없어서가 아니라
눈에 뭐가 들어가서였다

근데 그 눈물에
눈에 들어간 그 무언가도 씻겨나왔나 보다

눈물과 함께 나 괜찮아졌다

나 혼자서도 나 괜찮아졌다

눈 내리는 바다

네가 눈 내리는 바다를 보러가자고 했을 때
난 눈 내리는 바다란 참 따듯하단 생각을 했었다

그 먼 길을 내려와 바다의 품에 안겨 녹아드는 눈을
살포시 안아주는 바다란 참 따듯하단 생각이 들었다

그동안 추웠지
먼 길 오느라 고생했어
이제 내게 안겨서 푹 쉬어
이제 다 괜찮아
괜찮아

그 바다는 그렇게 눈을 안아주는 것 같았다

나는 올겨울에 그 바다를 보러 혼자 가야 할 거 같다

그 바다는 아마 나도 안아줄 것 같다

울음에 대한 변명

내 울음은 내 안에서 터져나오지만
정확히 울음의 요인은
내 안보단 바깥에서 기인한다

울고 싶은 나의 내적 요인도
결국 내 바깥에서 만들어진 요인이다

그리고
이미 터져버린 울음

그것도 역시 나의 바깥이다
내 안에서 이미 빠져나가버린 나의 바깥

따지고 보면 울음은

원인도 결과도 다 나의 바깥이다

내가 제어할 수 없는 나의 바깥

아버지

평소 담배를 잘 피우지 않으시는 아버지가
누가 볼까 몰래 베란다에 나가 담배에 불을 붙이시면
그 불빛이 창을 타고 내 방 창문까지 스며든다

한 모금의 담배내가 진하게 몰려오면
아버지는 한숨을 쉬셨으리라

벽 하나를 사이로 아버지는 한숨을
나는 그 숨을 들이마신다

내가 겪는 성장통보다 무거운 한숨인 걸 알기에
그 한숨이 담배처럼 쓰다

언젠가 내가 그 한숨을 덜어드릴 수 있을 때

나는 그제야 어른이라 할 것 같다

자책

가끔은 자만보다 자책이 더
성장의 걸림돌이 되는 것 같다

털어낼 줄 아는 사람이
더 나아간다

할머니댁

아빠가 정말 할머니 배에서 나왔냐고
하루 종일 묻던 아이는

늙은 선풍기의
구슬픈 회전 소리에 눈을 붙이고

늙은 할미의
느지막한 토닥거림에 잠이 들었다

할머니 두 팔 벌려 아이를 품었고
아이는 안겨서 아빠 꿈을 꾸었다

술자리

반가운 이들과 오랜만에 술잔을 마주하고 기울였다

잔을 맞출 때는 잔의 아래를 잡아 소리를 맑게 하고
다른 이들의 잔보다 내 잔을 낮춰 나 자신도 낮춘다

허나 사실 술을 먹고 싶은 것은
그들과 잔을 맞추기 위함이 아니라
내 자신의 기분을 맞추기 위함이 되어간다

이보다 조금 어릴 때는 항상 말했다
술보다 술자리가 좋다고
허나 지금은 술자리보다 술이 좋다

그래서 반가운 이들과 함께인 자리에서도

때론 그들과 잔을 맞추지 않고

그들과 속도도 맞추지 않고

홀로 잔을 기울인다

웃기는 건 혼자 잔을 들어 마시고는

탁 소리가 나게 테이블에 잔을 내려놓는다는 점이다

나 방금 혼자 마셨다는 것을 누군가는 봐줬으면 해서

그들 중 누군가는

너 오늘 무슨 일 있어?

물어봐줬으면 해서

가로등

달이 별이

제 아무리 밝아도

골목길 들어선 나에게 가장 위안이 되는 것은

가로등이다

빗소리

소란스런 세상도

빗소리에 묻혀 잠들곤 하지만

잠잠했던 생각들은

빗소리에 깨어나곤 한다

발자국

바람 많던 발걸음엔

발자국도 없더라

다음부터

이번까지만 이렇게 하고

다음부턴 이러지 말아야지

라며 버려버린 시간들이

언젠간 한데 모여

우린 뭐 네 인생 아니었냐고 따져물어올 것만 같다

늙은 창문

내 방 창문이 늙었다

창문을 열려고 하면
끙끙 앓으며
힘겹게 몸을 옮긴다

부드러움이라곤 없다
끙끙
가끔은
끽
짜증도 내며

힘겹게 홀로

비바람 버텨내며

세월을 맞고 있었다

분실물

분명히 손에 꼭 붙들고 있었는데
집에 와보니 손에 아무것도 들려 있지 않았다

언제 어디서 어쩌다
잃어버렸는지 짐작도 가지 않았다

휴대폰도 지갑도 우산도
그렇게 잃어버리곤 했다

너와의 이별도 그런 느낌이었다

바람 2

그 옛날

멀리 떨어진 소중한 이에게 마음 전할 길 없던 그

시절

사람들은 바람이 불면

자신의 바람을 띄워보내지 않았을까

그래서 바람을 바람이라 부르지 않았을까

지금 이 바람이 네게도 닿는다면

어쩌면 내 바람도 네게 닿을 수 있지 않았을까

꿈

꿈에 네가 나왔다
너를 만지는 순간 꿈에서 깼다

다음 날도 꿈에 네가 나왔다
또 너를 만지는 순간 꿈에서 깼다

그 다음 날도 꿈에 네가 나왔다
난 널 만지지 않았다
그러다 네가 말을 거는 순간 꿈에서 깼다

그 이후로 너는 꿈에 나오지 않았다

그 순간 꿈에서 깼다
이제야 현실이었다

가을 하늘

그 높은 하늘 아래

무엇 하나 낮지 않은 것 없으니

무엇 하나 낫지 않아도

무엇 하나 남지 않아도

그저 하늘 아래 있음에

괜찮음을 배워간다

귀경길

차가 차의 꼬리를 문 이 길이
내려갔다 올라가는 이 밤의 길이
보내는 마음의 길이
떠나온 마음의 길이
달은 꽉 차 비추는데
맘은 텅 빈 이 밤의 길이

오늘 밤은
세로로 길어 슬프다

오늘 밤은
세로로 길어 슬퍼

시계

멈춘 시계를 나는 그대로 차고 다녔다
시계는 차고 있었지만 시간은 보지 않았다

시계는 그날 그 순간에 멈췄지만
시간은 그대로 흘러가고 있었다

나는 그대로 멈춘 시계를 차고
흐르는 시간을 타고 있었다

네가 사 준 시계였다
시계는 멈췄고 시간은 흘렀다

들꽃

혼자라고 슬퍼 마라

당신이 심지도 않은 들꽃 하나가
당신을 위로하는 세상이건만

낮은 사랑

높은 곳에서 고백을 하면

고백의 성공률이 높아진다는 얘기를 들은 적 있다

높은 곳이 주는 두근거림을

상대가 주는 두근거림으로 착각하게 된다던 얘기

그래서 나는 낮은 곳에서 고백을 해야겠다

지금 네가 두근거린다면

그 두근거림 온전히 내가 주고 있는 것이라고

조금의 착각도 없이 그 모두가 나라고

나는 너에게 고백하겠다

사랑은 원래 낮은 곳에서 시작된다고

땅에서 흩날려진 홀씨가

온 세상에 뿌려진다고

모든 것은 사랑에서 시작된다고

잎 3

나 없이
피는 꽃 없던데

너도 나 없인
안 될 텐데

겨울에 한 이별

내가 좀 더 따뜻한 사람이었다면

이 겨울에 날 떠나진 않았을 테죠

고려장

너 없이 너를 벗 삼아
떠난 이 길의 끝에서

나는 너 없이
돌아오리라

눈이 오는 모양

두 손 내어
가만히
눈을 받아본 적 있다

꽃 같기도
별 같기도
네가 오던 모양 같았다

두 손에 내려앉고는
이내 녹아 사라지는 것도
흥건한 흔적만 남기고 가는 것도 너 같았다

밖엔 지금 눈이 오는 모양
그댄 지금 어디 있는가

낮달 4

그대 날 잊으실까
정표 하나 남겨놓아

달 있거든
잊지 마오
달 있거든
잊지 마오

겨울나무

뼈만 앙상하게 남은 겨울나무에
다 죽은 나뭇잎 하나 달려 있다

이미 떨어져 뒹굴고 부서져도
하나도 이상할 것 없을 살점 하나 붙어 있다

놓을 수 없는 마음이다

살을 에는 겨울바람에도 남은 하나의 살점
온힘 다해 붙잡고 있다

보낼 수 없는 마음이다

시체를 껴안고는

바람 불어도 울지 못하는 겨울나무가

여기에 있다

별의 파편

별은 조용히 죽지 않는다
장렬히 폭발한다
가히 장엄한 죽음이다

사랑이 죽는 과정이다
사랑도 장렬히 폭발한다

네가 이별을 말하던 그날에는
별 하나가 폭발했다
이별은 별과의 이별이었나

나는 고스란히 파편을 맞고 섰다
별은 떠나갔고
파편은 박혀 있다

시_소_

어떤 날은 네가 내 위에 있는 것 같았다

그래서 힘껏 발을 구르면

너는 또 저 밑에 있었다

사랑은 마주 보는 것이 아니라

나란히 같은 곳을

보는 것이라던 말이 스쳐갔다

마주 앉은

우리 사이 놓인 간격은

우리에게 주어진 슬픔의 거리다

오르락내리락하는 슬픔 속에서

이제는 준비해야했다

나는 힘껏 발을 굴러

허공으로 향한다

너를 내려보내 주겠다

너는 이제 이 시소를 떠날 채비를 한다

나는 너 떠난 후

땅으로 곤두박일 채비를 한다

자승자박

자유롭고 싶다지만

누가 묶어둔 적은 없다

불행

내 행복엔 그대 행복 포함되어 있어

내가 행복하려면

그대가 행복해야 하는데

혹시 우리가 행복하지 못함은

그대 행복에도

내 행복이 포함되어 있기 때문일까

그래서

우린 행복할 수 없나

우리가 서로 같음이

우리의 불행의 이유가 되었나

아

나보다 더 불행한 사람아

사랑을 행하지 못하는 사람아

이 불쌍한 사람아

날 불행하게 하는 사람아

바다 위에서

자연스레 가까워진다는 말이
부자연스레 스쳐가는 밤이다

대신 누군가와의
멀어짐을 인정하는 일은
훨씬 자연스러운 일이 되었다

오직
썰물만이 존재하는
바다 같았다

그 위에선
노 젓지 않는 모든 것들은

자연스레 멀어져갔다

한 번의 너울에

멀어짐은

우리를 다시 노 젓게 했지만

언제부턴가 우리는

처음부터 노가 없었던 것처럼

멀어짐을 자연스러운 일로 삼게 되었다

오래된 연인의 이별은

그렇게

일렁이는 너울에 떠밀리듯 찾아왔다

오지 않는 아침

저기 저 별은

이미 없을지도 몰라

별은 이미 사라졌고

나는 별빛만 보고 있는 거야

이미 가고 없지만

의미로 남긴 별빛을 보고 있는 거야

이미 가고 없는 너를

의미로 남긴 내가 보고 있는 거야

너는 별 같고

나는 별빛을 보고

밤은 깊고

아침은 오지 않는 거야

그래

지금은 아침이 오지 않는 거야

슬픔을 먹는 아이

나는 슬픔을 먹는 법을 배웠다

밖으로 내뱉지 않고 집어먹는 법을 배웠다

꾸역꾸역 집어삼킬 때마다

붉어진 눈시울은 과식의 산물이었지만,

그 정도의 부작용쯤이야

슬픔과 함께 집어삼킬 수 있었다

그렇게 집어삼키고 겨우 뱉어낸 트림 한 번이면

나는 꽤나 괜찮아 보였다

그런데 어떤 날은 트림이 나오질 않고

슬픔은 목 언저리에 얹혀

이도저도 되지 않는 날이 있었다

너무 급했는지 너무 많았는지

이도저도 할 수 없던 날이 있었다

등 좀 두드려주소

이보오 등 좀 두드려주소

내뱉어야 하는 날이 있었다

허나 등 두드려주는 이 있을 리가

혼자 집어삼킨 슬픔 때문에

혼자 손끝을 따야만 했다

검은 피가 한 방울 쭉 흘러나오길

스스로 바라야 했다

몇 번의 헛손질과 몇 번의 헛구역질

그리고 다시 흘러나오는 핏방울에

다시 내 입술을 가져다대야 했다

비릿한 피 맛에 스스로 안도해야 했다

이제 괜찮을 거야

그럴 때면 이미 난

눈물도 보고 핏물도 본 사람이었다

슬픔이란 이런 거구나

슬픔을 삼키는 일이란 이런 거구나

과식하지 말아야겠다

앞으론 과식하지 말아야겠다

가끔은 편식을 해야겠다 그게 편하겠다

생각을 했다

비행

하늘이 바다가 되었다

하얀 구름은 하얀 배가 되었다

그 아래 우리는 물고기가 되었다

그러면 나는 심해어쯤이겠다

발견되지 않은

학계에 보고되지 않은

헤엄쳐도 물결도 일지 않은

당신의 가장 깊은 곳을

헤엄치듯 비행하는

심해어

숨

잊겠다는 말
그거 그냥 숨 참는 거지

참고 참아봤자
결국 더 크게 먹는 거지

숨 참는다고 멎으면
사람이었겠나

잊겠단 그 말로 잊혀지면
사랑이었겠나

파
도

너란 바람에 밀려
바위 위에 부서진다

끝이 없다

끝이 없다

너 있는 한
끝이 없다

침묵의 값

모르면 가만히 있으라는 얘기를 들으며 자랐다

가만히 있으면 중간은 간다는 얘기는

그 속편처럼 이어지던 이야기

그러니까 그 말은 즉 몰라도 중간은 갈 수 있다는

이야기

나도 모르게 중간을 꿈꾸게 하던 이야기

그렇게 중간으로 몰린 사람들과 함께

나도 중간에 서니 배불뚝이 세상이 되었다

교만한 머리는 작아 빠졌고

중간에 선 배가 튀어나온 덕에

머리는 다리가 보이질 않았다

다 중간이 된 탓이었다

세상이 다이어트를 시작하면

가장 먼저 연소될 지방층이 되었다

침묵의 값이다

모른다고 가만히 있던 값이다

알려고 하지 않던 값이다

알아도 모르는 척하던 값이다

이상

서점에서 일을 한 적이 있다

어떤 날은 고객들이 원하는 책을
대신 찾아주기도 했는데 그건 무척 힘든 일이었다

눈에 잘 보이도록 진열해놓은 책보다 억지로 찾아
도 잘 보이지 않는 책들이 훨씬 많았으니 쉬울 리
없었다

어떤 책은 손만 뻗어도 쉽게 닿을 수 있었으나
어떤 책은 높은 사다리를 동반하여 꺼내야만 했다
손 뻗어도 도무지 닿지 않는 곳에 있기도 했다

어쩔 수 없다는 말로 위로하기엔

이상은 너무 높은 곳에만 있었다

귀경길 2

살랑이는 저 벼들
할미 따라 등 굽었다

살랑인다
살랑인다
또 오너라
또 오너라

관

깜빡거리는 형광등마저 꺼버리고 나면 빛 하나 들어오지 않는 좁디좁은 내 방 안에서, 그보다 더 좁은 침대에 눕는 일은 어쩌면 관에 눕는 일 같았다 관에 누워본 적은 없지만 비슷할 것 같다고 생각했다

그러면 이불을 덮는 일은 관 뚜껑을 덮는 일이었다 매일 밤 내 스스로 관 뚜껑을 닫았다 나지막이 내뱉거나 속으로 집어삼키는 말들은 유언이 되었다 아 왜 난 멋없는 유언을 내뱉는가 유언이 멋있는 것도 복이라는 생각이 들었다

아니다 삶이 편할수록 유언은 멋없을지도 모른다는 생각이 또 들었다 나도 이유는 모르겠다 편하게

만 살고 싶진 않지만, 또 편하지 않고 싶지는 않다
나도 무슨 말인지 모르겠다

오늘도 관에서 잠든다 빨리 잠들어야 한다 관은 생
각보다 편안하지만 내 마음은 불편하다 이건 무슨
말인지 알겠다

나는 내일 스스로 관 뚜껑을 열고 부활해야 한다
부활한 하루는 전생을 너무 생생히 기억해 괴롭다

다음 생은 행복했으면 좋겠다는 생각을 하며 현생
을 괴로워하고 있다 빨리 밤이 왔으면 좋겠다고 생
각한다
또 난 멋없는 유언이나 내뱉을 텐데도 말이다

매일매일 하나의 인생들이 지나간다

나는 또 내일 부활해야 한다

UFO

나는 외계인을 믿어
아니 이건 믿고 말고 얘기할 문제도 아니야
나는 직접 봤으니까

한 20년 전에 할머니댁 앞에서
사촌동생이랑 달리기 시합을 하다가
너무 숨이 차서 하늘을 봤을 때 그때 본 거야
그 영롱하게 빛나던 비행물체를

그건 태어나서 한 번도 본 적이 없던 빛이었고
그것의 속도는 비행기의 속도가 아니었지

한눈에 봐도 지구상에 존재하는 무엇인가로는 절
대 설명이 되지 않는 존재였어 그런 걸 UFO라고

하는 거구나 직감했지 UFO라는 말밖에 어울리지
않아 그 영롱함에는

그래서 나는 외계인이 있다는 것을 알게 되었지
진짜 보았으니까

언젠가 외계인이 나타나 얘기하게 된다면
내가 본 것이 너희였는지 꼭 물어볼 거야
혹시 아니었다고 한다면 걔네한테도 꼭 말해줘야지

이 우주엔 우리와 너희 말고도 또 다른 외계인이 있
단다

그리고 설명해줘야지

그것의 영롱함에 대하여

내가 잊지 못하는 그것에 대하여

품앗이

너랑 같이 쓰던 시간을
혼자 쓰려니 남아돌아

괜찮다면
내 시간 좀 같이 쓰자

다음에 그대 시간 남아돌 때
그때 나도 도와줄게

길

내가 아는 길과 알지 못하는 길이 있어

나는 아는 길을 걸으며
알지 못하는 길의 너를 사랑하네

그곳엔 내가 아는 시련이 없길 바라며
알지 못하는 길의 너를 사랑하네

나는 언젠가 우리의 길이 만날 거라 생각하지 않네
꼭 같이 가지 않아도 좋으니

그곳엔 내가 아는 시련이 없길 바라며
알지 못하는 길의 너를 사랑하네

읽지 않은 날

아무것도 읽지 않은 날은
정말 아무것도 읽을 수 없다
읽히는 것이 하나 없다

아무것도 펼치지 않은 날
이불 펼치기도 민망해
아무렇게나 던져진 이불 위로 그냥 몸을 던진다

그대로 잠들었다가
그대로 일어나야 한다
내일도 오늘인 척 살아야 한다

읽지 않고
읽히기만 바라는데

읽힐 수 있을까

펼치지 않은 이불 위에서 자도

편할 수 있을까

뚜루뚜루

밤소리만 들어도
세월은 흐른다

개구리가 매미에게
매미가 귀뚜라미에게
나의 밤을 주었다

개굴개굴 흐르던 밤은
맴맴 흐르기 시작했고
어느새 뚜루뚜루 흐른다

밤이 좋은 건
오늘에서 내일로 흐르는 건
밤뿐이라 그렇다

4
tonight
오늘밤

서울 밤하늘에 왜 별이 없는지 아니
그렇게 빛나봤자 네보어 비출 곳이 없거든

어느 겨울날

매일을 보던 우리가 며칠을 보지 못하다 다시 그 거리에서 만났을 때. 멀리 조그맣게 보이던 네가 어느새 나만 해져서 내 앞에 섰을 때. 네 웃음은 내게도 번졌고 우리 사이엔 입김이 놓였지. 엄청 춥다. 그 말은 네가 먼저 했었나, 내가 먼저 했었나. 기억나지 않지만 추웠다. 그때 네 입김과 내 입김이 닿았는데 그건 나만 본 것 같았어. 신기했는데, 티 내진 않았지. 너는 언제나처럼 오른손을 내 왼주머니에 넣었고, 난 네 손이 차다고 말했어. 곧 다시 따듯해질 것도 알았고. 우린 그대로 그 거릴 걸었다.

너희 집 앞에서 우리의 손이 다시 각자의 위치로 돌아가고, 우리의 입김도 마치 다시 서로의 입 안으로 돌아가야 한다는 듯이 잘 들어가라 말할 때. 나는 속으로 입김아, 사라지지마 말했어. 그건 속으로 말했으니, 그것도 나만 아는 얘기였지. 그렇게 나는 너를 들여보내고, 혼자 오늘 내뱉었던 입김들을 다시 집어삼키며 집으로 돌아왔다. 그리고 그땐 며칠 만에 처음으로 이 생각이 들었지. 아, 정말 집이다.

비언어 영역

언어를 사용하는 모두는 언어에 갇힌다

기뻐서 기쁘다 슬퍼서 슬프다 말하지만

그것도 역시 개중 나은 말의 선택일 뿐

모두가 같은 감정이라 장담할 수 없으리라

한마디 말보다 하나의 눈빛이 진실되어 보이는 것

어쩌면 사랑은 사랑이란 말보다 위대할지 모르기

때문에

우리는 그걸 사랑이라고밖에 말 못 하는 사람들이

기 때문에

역방향석에 앉은 남자

이미 떠난 풍경들을

끝까지 바라보고 있어야 한다는 것

무엇 하나 등 뒤로 흘려보내지 못한다는 것

그 모든 걸 본인의 몫 삼아야 한다는 것

바라본 채 멀어져야 한다는 것

너를 등질 수 없다는 것

죽은 물고기

죽은 물고기

그제야 떠오른다

너 거기 있었구나

난 이제야 알았다

낙서

나는 너에게 낙서를 하던 사람

혼자 받아쓰기 하듯 낙서를 하는 사람

불러주는 것도 나요

받아적는 것도 난데

이름 하나 새겼다고 나를 내쫓는다

곱게 갈 수 없으니 낙서를 더 해야지

내 이름 적었으니 니 이름도 적어야지

서울 밤

생각해본 적 있어 서울 밤하늘에 왜 별이 없는지에 대해 지 잘난 맛에 빛나는 것들이 너무 많아서 그렇지 지 잘난 불빛들이 별까지 지우는 곳 별이 들어설 자리마저 지들이 앗아가는 곳 서울 밤하늘은 처량하단 생각을 해 자리 뺏긴 별들의 빈자리가 처량하니까 서울 밤하늘에 왜 별이 없는지 아니 그렇게 빛나봤자 내보여 비출 곳이 없거든 우러를 하늘에 걸 부끄럼 한 점이 없거든

우물의 깊이

그곳에 우물이 있다

들여다보지 말아라
들여다봤으면 그냥 가지 말아라
괜한 눈빛 던지고는 그냥 가지 말아라

하지만 들여다본다
들여다보고야 깨닫는다
우물에 비친 모습 보고서야
그제야 깨닫는다

우물엔 내가 있다
네 우물엔 네가 있고
내 우물엔 내가 있다

각자의 우물이 깊다

우물에 비쳐 운다

그럴 수 있다

내가 좋아하는 길을

너는 돌아갈 수 있다

내가 보는 것을

너는 외면할 수 있다

내가 믿는 것을

너는 믿지 않을 수도 있고

내가 행복할 때

너는 행복하지 않을 수도 있다

심지어는 그럴 수도 있다

내가 사랑하는 것을

너는 사랑하지 않을 수도, 충분히 그럴 수도 있다

그럼에도

우리는 사랑을 할 수 있다

우리는 외면하면서

사랑도 할 수 있다

기준은 다른 게 아니라 없는 것일지 모른다

우린 증명하기 위해

죽지 않아도 되는 사랑을 할 수 있다

어른

스물이 넘으면 어른이라 하는 이유는
그때부턴 손가락 발가락 다 헤아려도
나이를 세지 못하기 때문이라고
그러니까 그때부턴 나이를 세지 않고
새겨야 하기 때문이라고

누가 대신 세어주지도 못하게
홀로 가슴에 새기는 나이를 갖는 사람들
그게 어른들이라고

인터뷰

시인이 되고 싶냐는 질문에

시를 쓰고 싶었지

시인이 되고 싶다고 생각한 적 없다 말한다

꿈이 무어냐 물어오면

난 무엇을 하고 싶었지

무엇이 되고 싶단 생각은 없다 말한다

흥얼거리는 콧노래에

가사를 쓰고 싶다

작사가가 되려는 건 아니다

무엇이 되어야 하는가

너를 사랑하면 된다

너의 무엇이 되지 않아도 말이다